# LES CONTES

## DU

# LAPIN VERT

Texte et Illustrations

DE

## BENJAMIN RABIER

PARIS

Librairie illustrée, Jules TALLANDIER, Éditeur

18, Rue Dauphine, 18 (6ᵉ arrond.)

—

ISBN 2-84734-186-2

Ce recueil se compose d'histoires choisies,
extraites d'une série de contes parue entre 1926 et 1934.

*Les Contes du Lapin vert*
© Tallandier, 1926
© Tallandier éditions, 2004

*Les Contes du Chien jaune*
© Tallandier, 1927
© Tallandier éditions, 2004

*Les Contes du Pélican rouge*
© Tallandier, 1928
© Tallandier éditions, 2004

*Les Contes de la Souris bleue*
© Tallandier, 1930
© Tallandier éditions, 2004

*Les Contes de la Chèvre noire*
© Tallandier, 1931
© Tallandier éditions, 2004

*Les Contes de l'Éléphant rose*
© Tallandier, 1932
© Tallandier éditions, 2004

*Les Contes de la Tortue mauve*
© Tallandier, 1934
© Tallandier éditions, 2004

# LE CHAT ORGUEILLEUX

Toby était né orgueilleux et c'était le plus joli des trois petits chats de Blanchette.

Blanchette entourait sa nichée de soins éclairés et attentionnés ; rien ne manquait à ses petits : Toby, Riri et Misti.

Quand le déjeuner, qui se composait d'une grande assiettée de lait frais, était servi, seuls Misti et Riri y faisaient honneur.

— Pourquoi ne rejoins-tu pas tes frères ? demande Blanchette à Toby.

— Parce que je voudrais être servi à part, répond l'orgueilleux petit chaton.

Toby délaissa de bonne heure les jeux de ses frères. Gambader sur le sol de la cour lui semblait indigne d'un personnage de son importance.

Il aspirait à s'élever et à dominer. Sa première ascension fut celle de la niche de Médor. Gravement il s'installa sur le toit. Mais bientôt son ambition le porta plus haut.

Il s'installa sur le toit de la bergerie. De là, il apercevait le coq du clocher qui dominait tout le pays.

— Ah ! si je pouvais m'élever au-dessus du coq, pensait Toby, comme je serais heureux et fier.

Du toit de la bergerie, il passa au faîte des poteaux télégraphiques. Et il abandonna bientôt ceux-ci pour les cheminées les plus hautes du pays.

Mais son ambition n'était pas satisfaite.

Le coq était toujours plus haut que lui. Un jour que Toby était grimpé sur la cheminée d'une fabrique, un coup de vent lui fit perdre l'équilibre et il fut précipité dans le vide.

On dit qu'un chat retombe toujours sur ses pattes. C'est vrai, à la condition, cependant, que le chat rencontre le sol au terminus de sa chute.

Toby, par malheur, tomba au beau milieu d'un seau rempli de goudron. Ce seau servait aux jardiniers pour badigeonner les jeunes arbres.

Le seau se renversa. Toby se mit à marcher, emportant, attaché à sa personne, une bonne partie du goudron.

Sa queue se trouva ainsi prolongée de plusieurs mètres.
Au bout de quelques minutes, le goudron se figea en se refroidissant.

Et Toby se vit affligé d'un appendice caudal du plus beau noir et d'une longueur de quatre mètres cinquante.
Médor se saisit de la queue de Toby comme d'une perche et le transporta à la ferme.

Le pauvre chat, grimpé sur un tonneau, fit le gros dos et dans ce mouvement dressa vers le ciel son appendice en goudron de quatre mètres cinquante !

Les habitants du lieu assemblés se divertirent fort à la vue de la queue gigantesque du jeune chat.

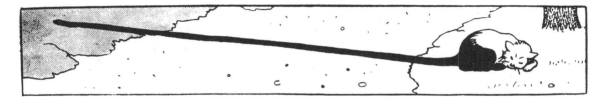

Le pauvre Toby, traînant après lui douze kilogrammes de goudron, tomba sur le bord d'un chemin, harassé de fatigue, et s'endormit.

Pendant son sommeil, des voitures et des chevaux passèrent sur le chemin et réduisirent la queue de Toby en tout petits morceaux.

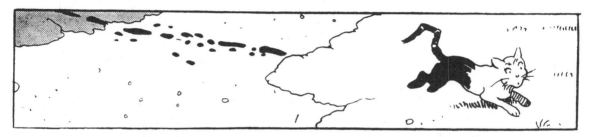

Je vous laisse à penser avec quelle joie il abandonna sur le chemin une barre de quatre mètres de goudron durci. Il se sentit plus léger que jamais et regagna à toutes pattes son logis.

Cette aventure ne guérit pas Toby de son orgueil. Son esprit était obsédé par le coq dominateur. Un beau jour, le jeune orgueilleux entreprit l'ascension du clocher.

Et il réussit dans sa tâche.

—Enfin, s'écria Toby juché sur le coq en zinc, je suis le personnage le plus élevé du pays !

À peine avait-il prononcé ces paroles que le vent tourna et passa du nord au sud.

Le coq dans sa pirouette projeta Toby dans le vide. Cette fois, ce fut dans un puits que le petit chat tomba.

Les chats craignent l'eau froide…

Toby poussa des miaulements plaintifs qui signalèrent sa présence au fond du puits.

La fermière tira sur la corde du puits et ramena au bord le chat plus mort que vif.

Cette douche magistrale eut pour effet de calmer les idées orgueilleuses de Toby.

Il rentra dans sa famille, tout penaud, l'air contrit, la tenue modeste.

Aujourd'hui, il partage les jeux de ses frères, et s'il regarde par hasard le coq du clocher, il murmure doucement : — Le bonheur n'est pas si haut !

# TIGRETTE LA DISTINGUÉE

Tigrette se trouvait distinguée, élégante et supérieure ; aussi méprisait-elle les habitants de la basse-cour au milieu desquels elle était obligée de vivre.

Tigrette enviait le sort des canards, qui se laissent glisser mollement sur les eaux et qui peuvent voir du pays.

— Au fait, pensa un jour la poulette distinguée, pourquoi n'irais-je pas sur l'eau ?

Et Tigrette alla sur l'eau.

Les pattes dans une paire de sabots, elle se lança dans l'étang, au grand amusement des canards qui fréquentaient les bords.

La voyageuse fut saluée au passage par les riverains émerveillés.

Et bientôt elle aborda dans un pays tout neuf pour elle.

—Je suis comme la reine de l'endroit, s'écria Tigrette, et personne pour me disputer ma royauté !

Elle se trompait ; au détour d'un chemin, elle rencontra un chat sauvage qui se mit à sa poursuite.

Fort heureusement pour Tigrette, elle avait des ailes qui la firent échapper à ce danger.

Plus loin, ce fut un renard affamé qui lui donna la chasse.

—Quel chien de pays, on ne peut pas être tranquille pendant une minute, se dit Tigrette, impressionnée par le lieu sauvage et mal habité.

La nuit, notre distinguée poulette dormait dans le voisinage d'un écureuil et d'un hibou. La présence de ces animaux qu'elle ne connaissait pas, lui procura une peur bleue et lui fit passer une nuit blanche.

— Non, décidément, la distinction n'impressionne pas les rustres et les sauvages, pensa la poulette.

Vite, retournons à l'étang.

Tigrette voulut rentrer dans ses sabots ; malheureusement ceux-ci étaient partis à la dérive. Deux canards qui se trouvaient là lui offrirent leurs bons offices pour la rapatrier.

Tigrette s'installa sur le dos des oiseaux aquatiques, et le voyage commença sans incident.

Malheureusement, les canards aperçurent deux grenouilles se prélassant sur une feuille de nénuphar.

— Coin ! Coin ! Coin ! s'écrièrent les canards en fonçant sur les rainettes.

— Au secours ! je me noie, répondit Tigrette.

La poulette se serait en effet noyée si elle n'avait rencontré sous ses pattes un morceau de bois qui l'aida à surnager sur la face de l'étang.

Poussée par un vent favorable, Tigrette aborda la rive hospitalière.
À toutes pattes, elle regagna la basse-cour qui l'avait vue naître.

L'accueil qu'elle reçut de ses amis fut plutôt glacial.

—Mademoiselle nous a quittés parce que nous ne sommes pas assez distingués pour elle, dit l'oie Lucette, que mademoiselle retourne d'où elle vient.

Tigrette voulut se disculper, mais on ne lui en donna pas le temps. Force fut à la poulette de déguerpir au plus vite.

La trop distinguée volaille s'enfuit, poursuivie par les quolibets de la foule ameutée.

Tigrette se mit en quête d'un logis.

Elle trouva une vieille barrique abandonnée. Comme Diogène elle élut domicile dans un tonneau.

Le tonneau avait une fenêtre : la bonde. Par la fenêtre, Tigrette aperçut un hanneton.

Elle avança le cou pour saisir la bestiole.

Dans ce mouvement, elle décala le tonneau...

... qui se mit à rouler sur la pente.

La maison tout entière de Tigrette lui passa sur la tête et lui tordit le cou.

Quand le tonneau termina sa course, la poulette sortit de sa demeure dans un piteux état :

Tigrette avait le cou cassé !

Depuis lors, elle mena une existence lamentable. Ses amis qui l'avaient chassée eurent pitié d'elle, et comme elle ne pouvait picorer, ils la nourrirent en lui portant les aliments jusqu'à son bec.

Tantôt sa tête tombait en avant, tantôt sur le côté, tantôt en arrière. Il lui arrivait de se cogner à des obstacles qu'elle n'avait pu apercevoir.

Médor eut pitié d'elle. Il résolut de la guérir. Au moyen d'un tuteur, il lui maintint le cou dans sa position naturelle et Tigrette put picorer.

Aujourd'hui, Tigrette est heureuse de se trouver avec ses amis sur le même pied d'égalité.

Si elle a été une poulette distinguée, elle ne s'en souvient plus.

# LES AVENTURES D'UN ÉCUREUIL

Rouki était le plus agile des écureuils du Gâtinais. Ses avantages physiques ne le cédaient en rien à ses qualités morales.

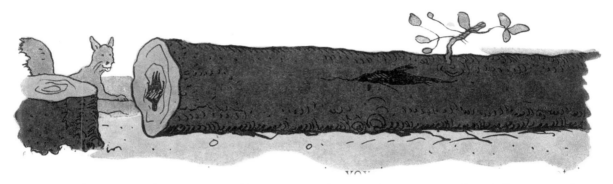

Rouki était adroit et intelligent ; on le voyait partout. Les hiboux et les ramiers le rencontraient dans les ramées ; les lapins et les blaireaux le croisaient sur les chemins ou dans l'herbe des prairies.

Notre écureuil ne manquait pas d'humour. Un jour, il trouva au pied d'une borne une lanterne de bicyclette. Il l'alluma ; son plaisir était de jeter un rayon de lumière dans l'œil de ses congénères.

Un jour que Rouki cherchait un logement pour l'hiver, il aperçut une vieille chouette qui habitait un trou d'arbre des plus confortables.

— Voilà une belle habitation d'hiver, pensa Rouki, et vite il alla chercher sa lanterne.

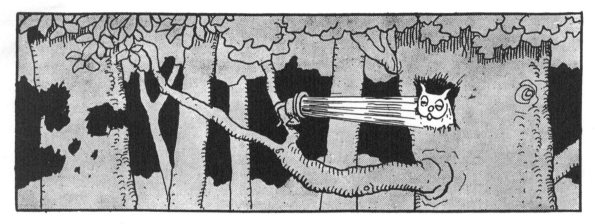

L'écureuil fixa sa lanterne à une branche d'arbre de façon à ce que les rayons lumineux soient dirigés sur l'ouverture du trou de la chouette. Celle-ci, dont les yeux étaient clos toute la nuit, ne pouvait supporter l'éclat de la lumière.

Aveuglée par la lumière, la chouette ne pouvait distinguer dans la nuit les bestioles dont elle faisait sa nourriture. Elle serait morte de faim si elle n'avait pris la résolution de déménager. C'est ce qu'attendait Rouki pour s'approprier ledit logis.

Que fait le malin écureuil sur ce banc ? Il fait tremper, dans le pot à colle du menuisier, le beau panache qui lui sert de queue.

Que combine-t-il dans sa cervelle ?

Nous allons le savoir bientôt.

Rouki, en équilibre sur un boisseau rempli de noisettes, remue avec sa queue le contenu du récipient.

Le voici qui s'enfuit enfin, emportant, collées au bout de son panache, quelques centaines de grosses noisettes.

—Quelle provision pour l'hiver, dit en riant le malin écureuil ; et il secouait son panache dans le trou qui servait d'antichambre à son logement.

Après ce beau coup, Rouki fit un petit somme sur la branche. Quand il se réveilla, il se sentit retenu en arrière par une force invincible.

C'était la colle qui s'était fixée et durcie. Le panache de Rouki adhérait à la branche comme s'il avait été collé par une main d'homme.

Après mille efforts combinés, l'écureuil finit par recouvrer la liberté. Mais à quel prix !

Tous les poils de son panache restèrent collés à l'écorce.

Rouki voulut sauter sur une autre branche. Hélas ! le panache qui lui servait de gouvernail et de soutien n'était plus là pour remplir son office.

Le pauvre animal tomba à terre et s'écrasa le nez.

Rouki mena dès lors une triste existence. Tous les lapins des environs se donnèrent rendez-vous pour danser une ronde autour de l'écureuil sans queue. Mais la Providence veillait... Et bientôt la Nature reprit ses droits.

Les poils repoussèrent ; et, un beau matin, l'écureuil retrouva son panache.

Depuis quelque temps, Rouki avait à se plaindre d'un gros chien qui l'avait poursuivi sans répit. Rencontrant sur son chemin un panier de provisions,

l'écureuil eut l'idée d'en soustraire un petit sac de poivre qui s'y trouvait…

… Et d'en saupoudrer copieusement son panache.

À peine avait-il fait ce travail que son ennemi surgissait. Rouki s'enfuit devant lui en secouant sa queue. Cela fit voltiger dans les narines et la gueule du chien un nuage épicé.

Le pauvre animal, aveuglé, étouffé, arrêta sa course pour éternuer comme jamais, de mémoire de chien, un chien n'avait éternué.

—À tes souhaits ! mon ami, criait ironiquement Rouki. Dieu te bénisse ! renchérissait-il, goguenard.

L'écureuil avait un fonds de bonté. Quand il apercevait une grenouille poursuivie par un canard, vite il se plaçait sur son chemin et elle tombait sur son panache comme sur un édredon américain.

Rouki n'avait plus qu'à transporter la grenouille en lieu sûr, devant l'œil ahuri du canard.

Puis, l'écureuil transportait son fardeau sur une branche de saule qui baignait près d'un étang et là il s'en débarrassait en criant :

— Au revoir, grenouille, bien des choses chez toi et mes bons souvenirs aux brochets de l'étang.

Rouki utilisait son panache d'une façon intelligente : Tantôt il lui servait de parasol contre les ardeurs du soleil...

... Tantôt il lui servait de parapluie contre les ondées et les orages.

Il servait même de tapis-brosse, car Rouki avait toujours soin de s'essuyer les pieds avant de pénétrer dans son appartement.

Quand notre écureuil voulait voir du pays...

... Il mettait à l'eau un vieux sabot qu'il avait trouvé sur un chemin, et Vogue la Galère ! Son panache lui servait de voile, et, habilement dirigé, il allait atterrir à l'endroit qu'il avait choisi.

Rouki continue sa belle et libre existence, ne demandant qu'à lui-même les ressources nécessaires à la rendre attrayante et facile.

# LE CHAT CURIEUX

Anatole était un chat de gouttière, curieux de tout savoir et de tout connaître.
Quand ses amis de la ferme le rencontraient, il les étonnait par son érudition.

Un jour, il leur dit : – J'ai formé le projet d'aller voir ce qui se passe dans la Lune !

Depuis ce jour, on n'appelle plus Anatole que le Chat qui veut voir la Lune.

– Riez tant que vous voudrez, répond Anatole, je viendrai vous raconter un jour ce qui se passe là-haut, et vous serez bien étonnés.

Anatole, assis sur le bord d'un talus, attend que la nuit tombe et que la lune apparaisse au firmament.

Quand il vit la blonde Phœbé à l'horizon, il se dit : — C'est le moment !
— Où vas-tu, lui demande un lapin ?
— Dans la Lune, répond Anatole.

Anatole avait remarqué que la Lune semblait, cette nuit-là, frôler le coq du clocher : — Bonne affaire, se dit le chat, je n'aurai qu'un saut à faire pour atteindre la Lune.
Et le curieux grimpa jusqu'au faîte du clocher.

Quand Anatole fut monté sur le dos du coq en zinc qui servait de girouette à l'église, il s'écria : — Adieu, mes amis, adieu, chère planète, je vous quitte pour visiter la Lune !

Et d'un bond, il s'élança dans la direction de la Reine de la Nuit.

Hélas ! victime d'une illusion d'optique, le chat ne put atteindre l'astre lunaire et tomba dans le vide.

Il tournoya plusieurs fois dans l'espace, en jetant aux échos de plaintifs miaulements.

Et c'est dans un puits que sa tentative se termina.

Un moment il eut l'illusion de tomber dans la Lune, car celle-ci se reflétait dans l'eau du puits.

Mais ce fut sa dernière illusion. Le curieux prit un bain glacé et sans un seau de bois, qui, par hasard, surnageait et auquel il s'accrocha, il se serait infailliblement noyé.

Au matin ses cris furent entendus, la fermière accourut et le retira sain et sauf de sa pénible situation.

Honteux, penaud et confus, ce curieux d'Anatole s'échappa, poursuivi par les quolibets de la basse-cour amusée.

Depuis ce jour mémorable, on ne désigna Anatole que sous le nom du Chat qui revient de la Lune.

Sa situation devint si ridicule dans le pays qu'il dut abandonner la ferme pour vivre en sauvage à la campagne, comme un vagabond, et couchant dans les trous de blaireaux.

Un jour, Briffaut fit une bonne farce à Anatole. Il dessina une lune sur une feuille de papier et la lui montra. Le chat faillit mourir de frayeur.

Enfin, tout se pardonne, tout s'oublie. Anatole a regagné son ancien logis dans la bergerie de la ferme. Il mène une vie rangée et se couche de bonne heure...

... surtout les jours de pleine lune.

# CANDIDE !

Candide était un petit lapin de choux. La naïveté et l'innocence étaient ses deux caractéristiques.

Candide ne doutait de rien. Il s'en allait partout, furetant dans tous les coins, touchant à tout.

Un jour il se trouvait chez le régisseur du domaine. Celui-ci le comptait au nombre de ses unités. Candide aperçut sur un tabouret une sorte de galette couverte de satin noir.

—Qu'est-ce, se demanda-t-il ? Quel peut bien être cet objet, quel nom lui donne-t-on, et à quoi peut-il bien servir ?

Tout en se posant ces questions, Candide prit son élan et sauta sur la galette.

Le lapin entendit le « clic » d'un ressort qui se détend et il se sentit soulevé par une force invincible.

Après avoir décrit dans l'air un magistral saut périlleux, Candide tomba sur le sol quelques pas plus loin.

Il se fit une bosse au nez et se cassa trois dents.

Sur le tabouret se tenait un superbe chapeau haut de forme.

– Étrange, se dit Candide, dans cette maison les galettes se changent en chapeaux !

Gagnant la cuisine, notre lapin aperçut, émergeant d'un panier à provisions, un animal fort laid mais fort engageant. La bête sortait du panier une énorme patte qu'elle tendait à Candide en guise de bienvenue.

– Bonjour, lapin, semblait dire l'animal, comment allez-vous ce matin ?

Candide répondit :

– Très bien, monsieur, et il avança sa patte comme pour répondre au geste amical de l'inconnu.

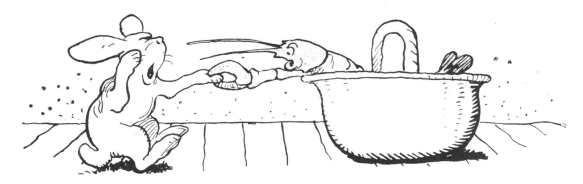

—Oh! Aye!! Aye!! cria-t-il tout à coup, en essayant de dégager sa patte. Lâchez-moi, vous me faites mal, sapristi.

Et le lapin libéré s'enfuit en s'écriant :

—Quel idiot! En voilà des façons de serrer la main aux gens!

Candide avait vu, dans une fête foraine, deux boxeurs qui se battaient à coups de poings. Les mains des champions enveloppées dans des gaines de cuir ressemblaient à deux boules.

—Si j'avais des boules aux pattes, moi aussi je pourrais boxer, se dit Candide.

Et avisant une cuve de mortier près d'une maison en construction, il lui vint l'idée de se confectionner avec le gravier enduit de plâtre deux énormes gants.

Ainsi armé, Candide traversa la prairie. Au détour d'un petit chemin, il aperçut un renard.

—Oh! oh! Un renard… laissons le venir.

Le Rusé s'avança vers le lapin en se pourléchant les babines.

—Voilà un excellent repas qui vient à moi, semblait dire le renard.

—Si tu approches, pensait Candide, je te recevrai avec mes gants!

Le renard approcha. Le lapin se livra alors à toutes sortes de gestes désordonnés comme il en avait vu effectuer par les boxeurs; et bientôt le renard atteint au creux de l'estomac, par une boule de mortier, tomba à la renverse, la respiration coupée, à moitié évanoui.

Vous pensez que le mortier s'étant solidifié, les deux poings de Candide étaient devenus une arme terrible.

Tous les animaux de l'endroit accoururent sur le lieu du combat et faillirent s'évanouir de stupéfaction. Candide avait mis le renard « knok out » !!

Après ce bel exploit, notre ami lapin voulut déjeuner. Hélas ! il lui fallut, dès ce jour, comprendre la véracité de ce proverbe : Il y a loin de la coupe aux lèvres !

Nanti de ses deux boules, Candide ne pouvait brouter le serpolet de la prairie.

Bientôt, affamé, la faiblesse l'accabla : les deux gants de mortier devinrent, pour ses petites pattes, trop lourds à porter ; et c'est en rampant qu'il traînait dans la campagne. À ce régime, Candide se mit à maigrir d'une façon inquiétante. Bientôt il n'eut plus que la peau sur les os : c'est ce qui le sauva !

Les pattes en maigrissant se dégagèrent du bloc qui les enserrait ; et Candide, enfin

libéré, put faire ce jour là un excellent repas.

Le premier depuis huit jours.

Aussi revint-il vite à ses habitudes folâtres et buissonnières.

Le voilà faisant des culbutes sur l'herbe ou des sauts périlleux au dessus des taupinières.

Ce jeu cependant lui coûta cher, certain soir, où il se livrait à ses dangereux exercices, il fit une culbute sur la taupinière de « Noireaude »

au moment précis où la propriétaire allait mettre le nez à la fenêtre. À moitié écrasée par le saut du lapin, la taupe se défendit avec ses dents et avec ses ongles.

Elle égratigna les babines de Candide et lui mordit cruellement l'oreille dont elle emporta un morceau. Le lapin abandonna, à toutes jambes, la taupinière en poussant des cris d'orfraie.

Son amour des culbutes lui avait coûté cher.

Candide avait bien mérité son nom. Tous ses actes étaient empreints de candeur, de naïveté et d'inexpérience.

De là sa manie de toucher à tout, surtout à ce qu'il ne connaissait pas.

Aujourd'hui c'est un piège à moineaux qu'il vient flairer et même caresser de la patte.

Soudain on entendit un « clic » et le piège se referma sur le museau du lapin.

La douleur fut vive tant le déclenchement avait été brutal.

Candide, douloureusement étonné, se débarrassa, comme il put du piège. L'objet de son côté, s'il avait pu penser, n'aurait pas été moins étonné d'avoir pris un lapin au lieu d'un moineau.

À quelques pas de là, Candide avisa une grande boîte sur le dessus de laquelle était installé un levier.

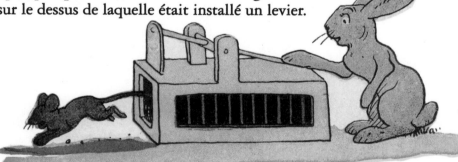

Le « touche à tout » ne put s'empêcher de toucher à ce levier et de le rabattre. Le mouvement eut pour effet de donner la liberté à un rat qu'une ratière emprisonnait.

Cette fois, voici Candide contemplant un curieux animal dont l'échine était couverte de pics acérés.

L'animal installé sur le bout d'une planche mangeait des petits morceaux de pain desséché.

—Je vais lui jouer un bon tour, dit Candide : glissons une bûche sous l'autre extrémité de la planche de façon à la mettre en bascule. Puis, prenant son

élan, il sauta sur l'extrémité proche de lui pour faire basculer.

Le jeu réussit comme il l'avait espéré. La petite bête hérissée fut projetée

à une hauteur imposante et le facétieux lapin n'eut plus qu'à se féliciter du succès obtenu !

—Au revoir, vilain petit animal, s'écria Candide, bien des choses à la lune, car tu vas certainement y tomber !

Le hérisson — ai-je besoin de dire que le petit animal était un hérisson — après avoir tournoyé dans l'espace n'alla pas jusqu'à la lune, non : il fit une ascension de quelques mètres, se roula en boule et reprit le

chemin du sol. Mais il n'arriva pas jusque là : avant de toucher terre, il rencontra la tête de Candide ; et, tombant sur elle, il la perça de mille pointes hérissées.

Candide jeta des cris d'effroi, se débarrassa de son malfaisant fardeau et se sauva à toutes jambes.

Il était guéri de sa manie de toucher à tout. Aujourd'hui il est devenu un animal pensif et pondéré. La réflexion a remplacé chez lui l'insouciance et la légèreté.

L'expérience donne toujours une excellente leçon de choses !

# TOBY

Toby était un jeune éléphant du pays de Siam. Léger, malgré son poids, et insouciant de tout, le pachyderme menait une existence des plus tranquilles : il composait ses repas d'herbes odorantes et il faisait ses siestes à l'ombre des grands palmiers.

C'était, pour tout dire, un éléphant heureux !

Un soir que, pour souper, il arrachait l'herbe de quelque vert tapis, Toby entra sans s'en apercevoir, ou, plutôt sans y attacher d'importance dans un enclos jusqu'alors inconnu…

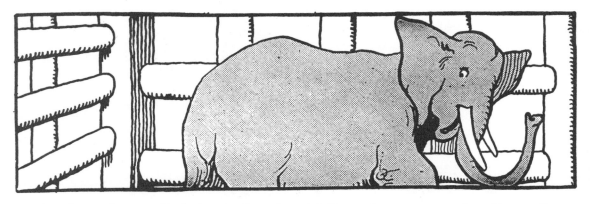

Soudain, il entendit le bruit d'un fort déclic : puis une grosse barrière se ferma derrière lui, l'emprisonnant !

L'enclos avait pour clôture une ceinture de solides madriers.

Prisonnier ! Toby était tombé dans un piège à éléphants.

Il eut beau entourer de sa trompe les madriers et les secouer, rien ne bougea. De guerre lasse, il lança de grosses pierres sur la clôture...

Résultat : Les pierres se cassaient ou égratignaient le bois. Rien n'y fit, impossible seulement de pratiquer la plus petite brèche dans la prison.

Toby était pris... Bien pris !

Bientôt, la colère succéda à l'étonnement et à l'inquiétude qui avaient d'abord envahi Toby.

Et ce fut un spectacle épique : l'éléphant se roula à terre, en poussant de sonores barissements.

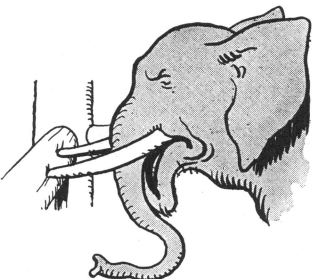

Dans un coin de sa prison il avisa une massue de Canaque, s'empara de l'arme redoutable et en asséna des coups formidables sur la barrière de sa prison.

Rien ne bougea ! !

Tête baissée, il fonça sur les piliers qui ne tremblèrent même pas.

Il enfonça, alors, ses défenses dans les traverses qui liaient les poteaux… Il réussit à émousser son ivoire ; et ce fut tout !

Que faire ?… Rien !… Se résigner… Toby s'assit dans l'herbe ; et calme, stoïque, il attendit que les hommes vinssent le délivrer pour le conduire en esclavage.

Tout à coup, un petit cri vint le tirer de sa sombre rêverie. L'éléphant tourna la tête et

se trouva en présence d'un minuscule singe, au minois éveillé et malin.

—Que viens-tu faire ici ? dit Toby en saisissant le quadrumane par la peau du cou. Tu viens te moquer de moi ?

—Me moquer ? Pas du tout, maître Toby, je viens te sauver.

—Me sauver, toi animal chétif, faible et débile.

—Laissez-moi faire, si je ne suis pas fort, je suis malin, débrouillard et j'ai de l'imagination ! Tu vois cette petite boîte que j'ai trouvée dans l'herbe, elle contient des allumettes.

—Des allumettes ? Qu'est-ce que c'est que ça ?

—Des petits morceaux de bois qu'on frotte et qui prennent feu… Tiens, regarde… Et le singe mit sous le nez, de l'éléphant un de ses petits morceaux de bois enflammé !…

La fumée de l'allumette entra dans la bouche de l'éléphant et le fit éternuer lourdement. Du coup le singe alla rouler dans l'herbe à dix mètres de là !

—Je savais bien que tu te moquais de moi, vilain macaque. Hors d'ici ou je t'écrase !!
—C'est bien, dit le singe, je m'en vais, mais je te sauverai tout de même et malgré toi !
Le quadrumane amassa au pied de la barrière toutes les feuilles sèches qu'il put trouver et, au moyen de ses allumettes, il y mit le feu. Bientôt une âcre fumée s'échappa

du tas de feuilles mortes et la barrière se mit à flamber.

Le singe s'éloigna du foyer d'incendie pour respirer et aussi pour assister à l'apothéose de son œuvre !

Le feu pratiqua bientôt dans l'enclos une vaste brèche par laquelle l'éléphant put s'échapper.

De loin, le singe contemplait l'évasion du pachyderme.

— Eh bien ! Toby, que dis-tu de mes singeries ?

— Que d'excuses je te dois, mon petit ami, répondit l'éléphant. Jamais je n'aurai assez de reconnaissance

pour toi, dont le geste fut si intelligent. Désormais tu es mon ami. Tu peux disposer de moi en toute occasion et je te protégerai contre tes ennemis. Tu m'as prouvé que la force peut être vaincue par l'intelligence.

# LA TAUPE ET LA LUNE

Une taupe, surgissant de sa taupinière, semblait abîmée dans de sombres réflexions :

—Je ferais de jolies promenades nocturnes à travers cette vallée, si je n'étais gênée par cette maudite lune, cette infernale curieuse qui me poursuit sans trêve ni répit.

Je l'ai toujours sur mes talons : vais-je à droite ? elle suit à droite ; vais-je à gauche ? elle suit à gauche. Et moi qui aime tant la solitude ! Pourquoi cette lune poursuit-elle mes rêves sans trêve ni merci ? Je crois bien que si, de temps en temps, les nuages ne la masquaient un peu, ce serait à ne plus mettre le nez dehors.

Un soir, la taupe, lentement, sortit pour faire sa promenade. La lune était levée et la nuit paraissait lumineuse.

—Encore! s'écria-t-elle en regardant la lune, la voilà avec sa face pâle et curieuse!

À quinze pas de là, une effrayante silhouette se détachait sur la branche d'un arbre; deux grands yeux ronds et phosphorescents se détachaient nettement et fixaient la taupe qui tremblait alors de tous ses membres.

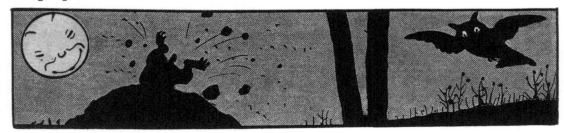

—Le hibou! s'écria la pauvre bête en s'enfuyant vers la taupinière qu'elle put atteindre sans danger malgré la poursuite rapide de l'oiseau. N'était-ce pas la lune qui avait si bien éclairé la route à suivre?

Maintenant, dès qu'arrive la nuit, la taupe s'inquiète de la présence de Phébé et, dès qu'elle l'aperçoit, exprime ce désir: «Bonne lune, éclaire ma promenade et avertis-moi.»

# LA JOURNÉE D'UNE TAUPE

—Bonjour, Madame Réglisse !
—Bonjour, Jeannot !
—Que faites-vous de si bon matin ?
—Je vais faire un tour dans la campagne.
—Bonne promenade, Madame Réglisse !
—Merci, mon Jeannot !

C'est ainsi que, quittant sa demeure, la bonne taupe Réglisse se met en quête d'une bonne action à accomplir : ses efforts tendent toujours à défendre les faibles contre les forts ; aussi, vous allez la voir à l'œuvre.

Réglisse, cachée derrière un arbre, assiste au manège d'un chat qui s'apprête à bondir sur un innocent mulot.

Derrière ce chat, se trouve un grand seau rempli de goudron, dont se servent les jardiniers pour enduire les arbres qu'ils veulent préserver des fourmis.

—À l'œuvre ! dit Réglisse en fouissant le sol derrière le seau ; celui-ci se trouve bientôt soulevé par la taupinière qui s'élève lentement ; il penche terriblement vers le chat et se renverse tout à coup sur le dos de ce dernier, au moment précis où le chat va bondir sur le mulot.

Tout à fait goudronné, notre chat s'installe sur deux pots à fleurs renversés qu'il trouve près de là, et se met en devoir de se débarrasser de ce manteau gluant ; mais ses pattes prennent la consistance du bitume et le pauvre animal se trouve nanti de deux chaussures des plus fantaisistes.

C'est dans ce costume qu'il se rend au grenier. Les rats, devinant leur ennemi hors d'état de les poursuivre, se mettent à danser une ronde désordonnée autour de lui.

Pendant quinze jours, notre chat se promène avec difficulté par tous les bâtiments et dans la campagne. Le goudron se fendille petit à petit par le frottement et les chocs répétés ; il se détache sous forme de plaques et le pauvre chat botté se trouve bientôt totalement libre de ses mouvements.

Aujourd'hui, Réglisse est installée, dans sa taupinière, derrière un renard qui depuis un certain temps, guette une poule, hélàs, bien insouciante.

Tout à coup, la taupe sort de son trou et, saisissant l'extrémité de la queue de Maître Goupil, la mord à pleines dents. L'animal pousse un cri de douleur et se retourne

pour foncer sur la taupe ; mais celle-ci disparaît précipitamment dans sa demeure pendant que la poulette s'enfuit vers la ferme.

À quelques instants de là, Réglisse sort de terre sous le récipient qui contient la pâtée d'un bouledogue bien nourri : elle transporte le plat, en équilibre sur son dos jusque sous le nez du pauvre chien affamé.

L'animal affamé déjeune largement pendant que le bouledogue, impuissant, parce que retenu par sa chaîne, grogne et maudit la bonne « Réglisse » qui, tranquillement, continue sa promenade.

Un voleur s'introduit, pendant la nuit, dans la ferme des « Moulins » : il rafle tous les lapins d'un clapier et les entasse dans un grand sac.

Le lendemain, Gertrude, une oie de la ferme, se promenant aux alentours de la maison du voleur, aperçoit le même sac posé près de la porte de la cave et, chose curieuse, contenant encore, tout remuant, le produit du larcin.

Gertrude, sans perdre de temps, avertit Réglisse qui se rend aussitôt sur les lieux.

Un bougeoir, allumé, se trouve si près du sac que la flamme de la bougie n'est qu'à une quinzaine de centimètres du bout de la corde qui retient les lapins prisonniers. Réglisse comprend tout de suite le parti qu'elle peut tirer de cette situation.

Fouillant le sol sous le bougeoir, elle fait si bien pencher celui-ci que la flamme touche l'extrémité de la corde : celle-ci brûle et se rompt bientôt, rendant aux douze lapins la clé des champs. Ce dont ces derniers profitent d'ailleurs.

Plus loin, un chat affamé contemple deux aunes de boudin qui refroidissent à la fenêtre d'une charcuterie. Le chat ne peut résister à la tentation, il saisit, avec ses dents, l'extrémité du boudin et s'enfuit.

Hélas ! le boudin, en se déroulant, finit par envelopper totalement le pauvre affamé qui ressemble alors au Laocoon antique.

Réglisse accourt aussitôt autour du chat pour l'aider à se libérer : elle saisit l'une des extrémités du boudin et disparaît dans son trou, traînant à sa suite trois mètres

quatre vingts du précieux comestible, ne laissant au chat que ce qui lui est nécessaire pour faire un excellent déjeuner.

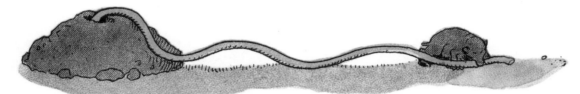

Le chat disparu, Réglisse sort, en traînant par l'autre bout ses deux mètres quatre-vingts de boudin, et les installe en travers d'un chemin fréquenté par tous les chiens du pays.

Ceux-ci, mis en face de ce cadeau, ne se font pas répéter deux fois les paroles que leur lance la délicate créature : « Ces Messieurs sont servis ».

Tout le monde est content, sauf peut-être le charcutier qui soutient depuis longtemps avec son boudin, l'excellente renommée de sa Maison.

Mais que se passe-t-il dans la forêt inondée ? Des centaines d'embarcations transportent des mulots, des musaraignes, des rats d'eau et des écureuils. D'ailleurs, toutes ces gondoles improvisées ont la forme d'un sabot : quel est donc ce mystère ?

C'est tout simplement la rongeuse Réglisse qui vient de sauver la vie à tous les rongeurs, ses frères, de la Forêt inondée.

Devant la catastrophe, les grosses bêtes ont fui ; mais les petites sont demeurées aux abords de leurs trous.

Une idée géniale traverse alors le cerveau de la bonne Réglisse : elle gagne à la nage l'atelier du sabotier qui est lui-même inondé, puis, ouvrant la porte de l'atelier, elle libère un millier de sabots qui s'éloignent, paisiblement, au gré du flot, malgré quelques chocs.

Poussés par le vent, les sabots gagnent la forêt en se faufilant à travers les arbres, les pauvres sinistrés peuvent prendre possession de leur nouvelle propriété et s'y installent sans hésitation.

Cinq cents rongeurs doivent leur existence à la bonne taupe.

En ce moment, cette douce Réglisse, cachée derrière un gros pot à fleurs, surveille une longue vipère qui est la terreur de la contrée. L'occasion de débarrasser la terre de cet odieux reptile est trop belle : « Allons-y ! »

Grâce à un souterrain savamment construit, elle soulève le pot à fleurs et le renverse sur la vipère qui, à ce moment recroquevillée, se trouve totalement emprisonnée.

Au même instant, Réglisse lance dans les airs un sifflement strident qui retentit jusqu'aux plus lointains bas-fonds de la prairie.

Frappant l'air, une baguette magique ne fait pas chose plus surprenante : une nuée de guêpes et de bourdons, accourt à l'appel de Réglisse. Bien mieux, sur le sol, des milliers de fourmis, de perce-oreilles et de mille-pattes marchent à la queue leu-leu ou se précipitent en se culbutant, vers la taupinière.

—La vipère noire est sous ce pot, mes amis, dit la taupe en désignant la prison du moment ; aussitôt, la curée commence.

Le reptile, piqué, large, rongé, découpé par un millier d'ennemis, qui s'introduisent sous le pot par les plus étroits passages, est bientôt réduit à l'état de ficelle.

Le pays est maintenant débarrassé de la vipère noire dont les crimes ne se comptaient plus.

Ce jour-là, Réglisse, en se couchant se dit : « Je crois avoir bien rempli ma journée ! » De doux rêves sont venus la bercer.

# QUESTION DE LATITUDE

Parmi les vedettes du Cirque Pandovani, l'ours blanc Pierrot et la lionne Colombine étaient les deux artistes les plus appréciés du public.

Leur numéro d'équilibre, impeccable et imposant, était fort prisé des amateurs de music-hall ; et les bravos chaleureux qui chaque soir accueillaient Pierrot et Colombine, les récompensaient de leur labeur et de leur science acrobatique. Doués tous deux d'un excellent caractère, la lionne et l'ours n'avaient pas tardé à se prendre d'amitié l'un pour l'autre.

Le soir, ils se retrouvaient dans le campement du Cirque et ils aimaient à se rappeler les beaux jours de leur jeunesse lorsque Colombine vivait, au milieu de sa famille aux confins du Sahara ; et que Pierrot chassait le hareng dans l'Antarctique.

Un jour, la nostalgie de la liberté les reprit en même temps que l'aversion pour cette vie errante que menait la troupe du Cirque Pandovani.

Ils résolurent de s'épouser et de se créer, loin des foules, un foyer familial.

Charmante pensée ; mais où aller ?

Pierrot persuada à Colombine qu'il n'y avait qu'au Pôle Nord qu'on pouvait être heureux ; et un beau jour, les deux fiancés quittèrent la France pour se rendre au Groenland où habitaient depuis des années les parents de Pierrot.

— Je vous présenterai à ma famille, chère Colombine et je lui demanderai de vite consentir à notre mariage.

Un mois après, au Groenland, les deux fiancés débarquaient sur un énorme glaçon.

Habituée dès son enfance à des températures de quarante degrés au-dessus de zéro, Colombine était obligée de se contenter de vingt degrés ; et encore étaient-ils, cette fois, en-dessous de zéro.

Son fiancé, qui pourvoyait à sa nourriture quotidienne apportait les meilleurs morceaux de ses pêches : des harengs et des congres de toute fraîcheur. Menus peu appréciés par Colombine.

Mais, le climat agissant, celle-ci tomba malade. Elle faillit même attraper une belle bronchite.

C'est alors que la lionne traça à son fiancé un merveilleux tableau des plaines du Sahara, le pays idéal où l'on peut sommeiller sous un ciel perpétuellement éclairé par les étoiles, le pays où l'on se nourrit de dattes sucrées et de noix de coco pleines d'un lait onctueux et frais.

Convaincu, Pierrot suivit Colombine ; et un beau matin d'avril, ils s'embarquèrent sur une banquise.

Deux mois après, ils débarquaient sur la Côte d'Afrique, et gagnaient directement le désert.

La lionne présenta son fiancé à son vieux père, le lion Brutus. L'accueil fut déplorable ; Brutus ne cacha pas à sa fille qu'il considérait cette alliance comme une mésalliance, ni plus ni moins.

De son côté, Pierrot se sentait mal à l'aise dans ce pays aride où on lui servait pour déjeuner, des pieds d'antilope ou des têtes de chèvres sauvages, cornes comprises.

Le pauvre fiancé ne put, à son tour, supporter le climat ; et déjà il regrettait d'avoir suivi Colombine lorsqu'il fut, un soir, mordu par un serpent Cobra.

Cet accident mit le comble à son dégoût du pays.

Il enfla démesurément et fut à ce point méconnaissable que personne, pas même sa fiancée, ne pouvait retrouver ses traits. On le traita d'être apocalyptique ; et c'est sous les sarcasmes de toute cette faune du désert qu'il dut abandonner le pays et ses projets de se créer une famille.

Quant à Colombine, ayant perdu son fiancé, elle songea à revenir en France et à demander sa réintégration au Cirque Pandovani.

Pierrot avait eu la même pensée. Et c'est ainsi que, au même jour et à la même heure, tous deux se retrouvèrent au seuil de la ménagerie où le directeur les reçut comme des enfants prodigues, venant faire leur soumission.

Le soir de cette journée mémorable, le Cirque Pandovani affichait en caractères énormes « Rentrée sensationnelle des incomparables équilibristes Pierrot et Colombine ».

# LE LION JALOUX DU CRIQUET

Un lion disait à un criquet :

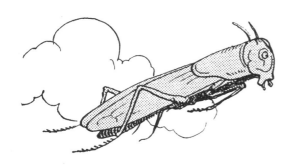

— La nature est vraiment capricieuse et fantasque. Elle permet à un criquet chétif d'exécuter des bonds véritablement surprenants pour sa taille. Songe, mon petit, ce que, proportionnellement à sa force, et même à sa grandeur, un lion devrait pouvoir faire.

— Oui, mais voilà, répondit la bestiole, la nature a réparti ta force dans la totalité de tes membres ; tandis que chez moi, elle l'a tout entière placée dans les jarrets.

— Ah ! si j'avais seulement des jarrets de criquet, dit le lion avec envie.

— Qui t'empêche d'en avoir ? reprit le cri-

quet. Il ne dépend que de toi. Tiens, je connais un singe sorcier qui a composé un philtre capable de te faire exécuter des bonds proportionnés à ta taille. Va de ma part trouver ce singe.

Le lion ne se le fit pas répéter. Il se rendit chez le sorcier en question et lui expliqua nettement ses désirs. Le quadrumane disparut dans sa caverne et en revint avec une tasse pleine d'un breuvage verdâtre.

— Roi du désert, lui dit-il, bois ce breuvage et tu pourras, d'un seul bond, franchir de formidables distances.

Le lion but le contenu de la tasse et, voulant s'assurer incontinent de l'effet produit par le philtre enchanté, il ploya les jarrets et s'élança dans le vide.

— Fameux, se dit-il, le breuvage du singe-sorcier.

Car, en disant ces mots, il se voyait transporté d'un bond vertigineux à travers l'espace.

Mais, tout en fendant les airs, le fauve

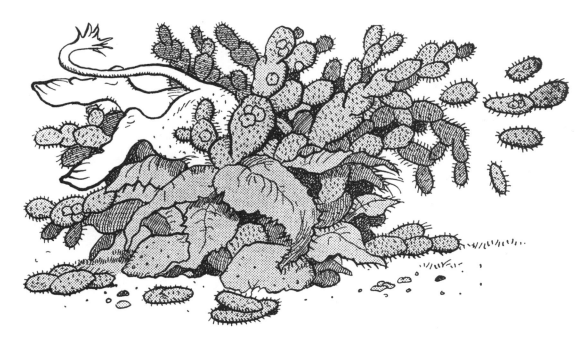

se posait cette angoissante question :

– Où vais-je tomber ?

Parti de Tombouctou, il atterrit dans le nord du Sahara, au beau milieu d'un bosquet de cactus. Percé de mille dards, dans cette chute parmi ces feuilles aiguës comme des piques, le pauvre lion geignait à fendre l'âme.

Pour échapper à la douleur que déterminaient ses nombreuses piqûres, il exécuta un

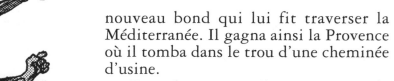

nouveau bond qui lui fit traverser la Méditerranée. Il gagna ainsi la Provence où il tomba dans le trou d'une cheminée d'usine.

De ce long tuyau, il sortit couvert de suie et noir ainsi qu'un corbeau.

— Vraiment, jusqu'à présent, je n'ai guère eu de chance, dit le Roi des animaux ; mais avec de la pratique et avec, surtout, de la patience, j'arriverai comme le criquet à retomber sur un emplacement choisi par moi.

Pour se débarrasser de la suie dont il était imprégné, il se prépara à exécuter un bond nouveau.

Et le voilà parti... Il passe au-dessus des villes, des villages, des hameaux. Tout à coup, il sentit qu'il se rapprochait de la terre. Il examina le terrain au-dessous de lui.

Hélas ! ne se trouvait-il pas au confluent de la Marne et de la Seine ?

Le fauve fit un plongeon magnifique auprès d'un brave pêcheur qui dormait ; et que le bruit de la chute réveilla, mais le lion avait disparu sous l'eau.

— Je parie, dit le pêcheur, que c'est encore un gros brochet qui fait des siennes.

Et il lança sa ligne.

Pendant ce temps, le lion apprenait à connaître les habitants du royaume aquatique. Mais cet apprentissage ne dura pas longtemps ; car il se sentit soudainement piqué au nez et ramené à la surface.

Je vous laisse à penser la stupéfaction du pêcheur en ramenant au bout de sa ligne le Roi du désert.

Le brave homme faillit en mourir de peur.

Le fauve sortit comme il put de sa triste situation, roula dans l'herbe, et, à demi-asphyxié, s'évanouit.

On s'empara de lui ; on le ligota et un dompteur se le fit adjuger par le service de la fourrière.

Aujourd'hui, sous le nom de Brutus, le fauve est devenu la vedette du cirque exploité par la famille Lambert.

La nature a bien fait tout ce qu'elle a fait. En voulant la corriger, on ne peut que s'attirer déconvenues et catastrophes.

# LE BON
# PÉLICAN BLANC

Un grand pélican blanc travaillait dans une ménagerie. Perché sur le toit d'une roulotte qui lui servait d'observatoire, il voyait se dérouler devant lui les péripéties de la vie champêtre.

Un jour, il aperçut un renard qui s'avançait lentement dans la direction de la ferme des Moulins.

Oh! oh!... se dit le pélican, voilà un gaillard dont l'aspect ne me dit rien de bon... Il est temps que je fasse obstacle au danger.

Et, à tire d'ailes, le grand pélican blanc de la ménagerie s'envola vers la ferme. Il la trouva presque déserte... Seule, une poule couvait mélancoliquement dans un poulailler.

—Sauve qui peut, cria le pélican... le renard est à moins de cinquante mètres de toi, pauvre poule.

—Je suis perdue, pensa la jeune maman, et ma couvée aussi... Et dire que mes enfants allaient éclore aujourd'hui...

—Sauvons-les, lui dit le bon pélican blanc.

Alors, écartant la mâchoire, il ramassa tous les œufs qui tombèrent dans la poche extérieure de son gosier.

—Et maintenant, ma poulette, suis-moi jusqu'à la rivière.

Ce qui fut dit fut fait : la poule suivit le pélican. Arrivés au bord de la rivière ; ils aperçurent le renard qui fonçait sur eux à toutes pattes.

La poule monta sur le dos du pélican qui se jeta à l'eau.

— Et vogue la galère…

Tout le monde débarqua à cinq mètres de là, sain et sauf.

Pendant le trajet, les poussins s'étaient évadés de leur coque et la petite poule se trouva soudain à la tête d'une joyeuse famille.

Ah ! le bon pélican que le pélican blanc de la ménagerie…

# LE RENARD
# QUI VEUT VIVRE
# AVEC LES HOMMES

Goupil réfléchissait et pensait.
—Moi, malin, intelligent et plein d'esprit comme je suis, quelle est mon erreur de vivre avec ces êtres inférieurs qu'on nomme des animaux... Ma place n'est-elle pas plutôt auprès de l'homme ?

Mais oui... C'est près de ce roi de la création que je dois vivre.

Le renard alla conter ses ambitions à son ami Chocolat, un singe savant du Cirque Pierantoni.

—Je parlerai de toi à Monsieur Pierantoni, dit Chocolat… Reviens demain.

Le lendemain, Goupil fut présenté au directeur du cirque, lequel emmena le nouveau venu assister à l'une de ces répétitions auxquelles prenaient part les différents pensionnaires de l'établissement : un éléphant jouait des cymbales, un singe dansait sur la queue d'un kangouroo, et un chien se livrait à des équilibres périlleux. Tout cela émerveilla le renard.

—Comme je voudrais, moi aussi, être artiste, dit-il.

—Parfait, répondit le directeur. Je ferai de toi un équilibriste.

Et l'apprentissage pour le renard commença tout aussitôt.

Chaque fois que Goupil ratait un tour, il recevait un coup de bâton ; c'était le procédé qu'employait le directeur pour faire entrer dans la

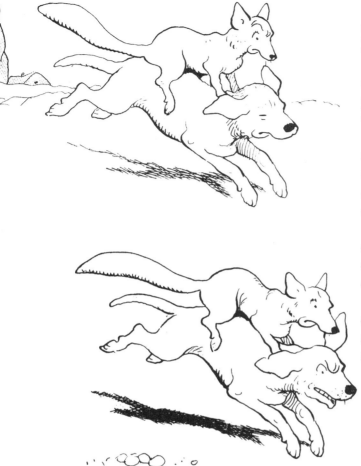

tête du renard le métier d'équi-libriste.

Goupil eut bientôt assez de ce régime et le directeur lui pro-posa alors de tourner ses talents vers l'équitation.

Le renard, monté à califour-chon sur un chien terre-neuve, devait faire plusieurs fois le tour du cirque sans être jamais désarçonné.

C'est aux alentours directs du cirque Pierantoni que Goupil commença son apprentissage d'écuyer à dos de chien.

Après plusieurs chutes douloureuses, le renard finit par se tenir en excellent équilibre sur le dos du terre-neuve.

Malheureusement pour le nou-vel écuyer, un beau matin, quelque rat égaré vint à passer devant le nez du chien… La bête se précipita aus-sitôt à sa poursuite.

Le rat disparut dans un soupi-rail… Le chien s'engouffra derrière lui.

Hélas, le soupirail était assez grand pour laisser passage à la mon-ture, mais le cavalier ne put trouver sa place et vint s'écraser sur le mur.

Le renard se démolit la mâchoire et se brisa deux côtes.

Abandonnant alors le métier d'écuyer, il apprit à jongler avec des torches enflammées.

Un faux mouvement fut fatal à l'artiste : il reçut simultanément sur la tête, sur le museau et sur le pied les trois torches enflammées.

Pendant quinze jours, entre la vie et la mort, il ne dut son salut qu'à Chocolat, son ami fidèle, qui le soigna avec un dévouement sans égal.

Aussitôt guéri, Goupil abandonna la société des hommes, et il reprit le chemin du toit familial qui abritait encore Aglaé, sa tendre épouse, toute heureuse d'un retour qu'elle n'escomptait plus.

# Table des matières

Dépôt légal : octobre 2004 – N° d'édition 3031.
Photogravure : Sele Offset à Turin, Italie.
Impression : Amilcare Pizzi à Milan, Italie.